VENTE DU JEUDI 9 NOVEMBRE 1893

HOTEL DROUOT, SALLE N° 7

à 2 heures 1/2

TABLEAUX

ANCIENS & MODERNES

EXPOSITION PUBLIQUE

LE MERCREDI 8 NOVEMBRE 1893

DE 1 HEURE 1/2 A 5 HEURES 1/2

Mᵉ PAUL CHEVALLIER	M. Eug. FÉRAL, peintre
COMMISSAIRE-PRISEUR	EXPERT
10, rue Grange-Batelière, 10	54, Faubourg-Montmartre, 54

CATALOGUE

DE

TABLEAUX

ANCIENS ET MODERNES

ŒUVRES DE

Van Balen, Breydel, Croos, Cuyp, Debucourt, de Vries
Drouais, Gérard, Heda, Honthorst, Jordaens
Klomp, Maas, Murillo, Parmesan, Santerre, Schutz, Uden, etc.

CADRES

DONT LA VENTE AURA LIEU

HOTEL DROUOT, SALLE N° 7

Le Jeudi 9 Novembre 1893

à deux heures et demie

Mᵉ PAUL CHEVALLIER	**M. EUG. FÉRAL, peintre**
COMMISSAIRE-PRISEUR	EXPERT
10, rue de-la-Grange-Batelière, 10	54, Faubourg-Montmartre, 54

Chez lesquels se trouve le présent Catalogue

EXPOSITION PUBLIQUE

Le Mercredi 8 Novembre 1893, de 1 heure 1/2 à 5 heures 1/2

CONDITIONS DE LA VENTE

La vente sera faite expressément au comptant.

Les acquéreurs payeront *cinq pour cent*, en sus des enchères.

Paris. — Imp. de l'Art. E. Moreau et Cie, 41, r. de la Victoire.

DÉSIGNATION

TABLEAUX

ABTSHOVEN (Attribué à)

1 — *La Tentation de saint Antoine.*

ARTOIS (J. Van)

2 — *Paysage avec cours d'eau et cavaliers au premier plan.*

ARTOIS (J. Van)

3 — *Paysage avec figures.*

BALEN (Van),
BREUGHEL et KESSEL (Van)

4 — *Le Repos de Diane.*

Deux satyres admirent la déesse endormie ayant près d'elle de nombreuses pièces de gibier. Un amour garde ses chiens.
Très bon tableau peint sur cuivre.

BAUDOUIN (D'après)

5 — *Les Amants surpris.*

BOISSELIER

6 — *Paysage avec rivière traversée par un pont.*
Signé.

BREYDEL (le Chevalier)

7 — *Cavalier auprès de constructions en ruine.*

BRUANDET (Genre de)

8 — *Intérieur de forêt.*
Avec chemins sinueux et personnages.

BUFFET (Emmanuel)

9 — *Un Mariage.*

CARRACHE

10 — *La Mise au tombeau.*

CHAVANNES

11 — *Paysage avec cours d'eau.*

CROOS

12 — *Paysage avec chaumières et cavaliers.*

CUYP (Attribué à)

13 — *Paysage avec cavaliers arrêtés au bord d'une rivière.*

Bon tableau, d'un joli effet de lumière.

DEBUCOURT (Attribué à)

14 — *La Bénédiction paternelle.*

DEVRIES

15 — *Paysage avec figures et animaux.*

DROUAIS (Attribué à)

16 — *Portrait de jeune femme.*

DYCK (Genre de Van)

17 — *Portrait d'un jeune seigneur couvert d'une cuirasse.*

FLERS (D'après)

18 — *Pêcheurs au bord d'une rivière.*

GÉRARD (E. J.)

19 — *Les Pêcheuses de crevettes.*

GÉRARD (E. J.)

20 — *Cour de ferme.*

GÉRARD (E. J.)

21 — *Natures mortes.*

Sur une table de cuisine.

GÉRARD (E. J.)

22 — *Portrait d'homme.*

D'après Van Dyck.

GÉRARD (E. J.)

23 — *La Mise au tombeau.*

D'après Rubens.

GÉRARD (E. J.)

24 — *Le Concert.*

D'après Valentin.

GRIMOUX (Genre de)

25 — *Femme tenant des fruits.*

HÉDA (Genre de)

26 — *Objets divers posés sur une table.*

HONTHORST (Gérard)

27 — *Jeune Femme.*

Les épaules nues, drapée dans un manteau bleu.

HUGTENBURG (Genre de)

28 — *Combat de cavaliers.*

JORDAENS (Attribué à)

29 — *Le Triomphe de Silène.*

JULLIARD

30 — *Paysage avec rochers et constructions en ruine.*

KLOMP

31 — *Animaux en marche.*

MAAS (Genre de Nicolas)

32 — *Portrait d'enfant.*

Portant une cuirasse, la tête couverte d'une perruque blonde.

MANFREDI

33 — *Jeune Garçon, en buste.*

MARCELLIS (Otto)

34 — *Fleurs, champignons, lézards et papillons.*

MULLER (D'après)

35 — *L'Appel des Girondins.*

MURILLO (Attribué à Barth. Estéban)

36 — *Cérémonie religieuse en Espagne.*

Différents personnages couverts de manteaux avec capuchons entrent dans une église, tenant des cierges allumés.

Au premier plan, et sur la droite, des groupes de mendiants.

Très belle et intéressante peinture qui paraît être bien authentique de Murillo, mais dans un genre peu connu en France.

NATOIRE (Attribué à)

37 — *Apollon sur son char.*

Apollon et des naïades.
Dessus de portes.
Deux pendants.

PARMESAN

38 — *Le Mariage mystique de sainte Catherine.*

SANTERRE (Attribué à)

39 — *Portrait de jeune femme.*
Toile ovale dans un cadre en bois sculpté.

SCHUTZ

40 — *Châteaux et ruines au bord du Rhin.*

SCHUTZ

41 — *Vues des bords du Rhin.*
Deux pendants.

TÉNIERS (D'après D.)

42 — *Les Misères de la guerre.*

UDEN (J. Van)

43 — *Paysage avec riche habitation hollandaise.*

VAN LOO (D'après)

44 — *Portraits présumés du roi Louis XV et de Marie Leczinska.*

Deux pendants.

VÉNIUS (Genre de Otto)

45 — *Joseph vendu par ses frères.*

VERNET (Genre de J.)

46 — *Marine.*

Effet de clair de lune.

VERNET (Genre de Horace)

47 — *Portrait d'homme.*

Représenté debout dans un paysage, tenant un livre.

VÉRON (Alex.)

48 — *Bords de rivière.*

Soleil couchant.

VESTIER (Genre de)

49 — *Petit portrait de jeune femme en élégant costume Louis XVI.*

Bois ovale.

VESTIER (Genre de)

50 — *Portrait de femme.*

Toile ovale.

WATTEAU (Attribué à F.)

51 — *Le Marchand ambulant.*

ZUCCARELLI

52 — *Danse de paysans.*

ÉCOLE FRANÇAISE

53 — *Portrait d'homme.*

Couvert d'une robe de chambre bleue, à fleurs.
Cuivre.

ÉCOLE FRANÇAISE

54 — *Portrait présumé d'Enfantin.*

ÉCOLE HOLLANDAISE

55 — *Fumeurs assis autour d'une table.*

ÉCOLE HOLLANDAISE

56 — *Les Patineurs.*

Cuivre.

ÉCOLE HOLLANDAISE

57 — *Poissons et filets de pêche jetés sur la plage.*

ÉCOLE VÉNITIENNE

58 — *Portrait présumé de Catherine Sforza.*

MONOGRAMME C. R.

59 — *Groupe de trois jeunes femmes.*

60 — Sous ce numéro, qui sera divisé, vingt-cinq tableaux anciens et modernes.

61 — Sous ce numéro, qui sera divisé, trente cadres dorés.